YING　　　GUANG　　　ZHE

迎光者

108位诗人素描

读诗与读你，在读山与读海之间

李国坚　著

百花洲文艺出版社
BAIHUAZHOU LITERATURE AND ART PRESS

图书在版编目（CIP）数据

迎光者：108位诗人素描 / 李国坚著. —— 南昌：百花洲文艺出版社，2022.12
ISBN 978-7-5500-4678-8

Ⅰ.①迎… Ⅱ.①李… Ⅲ.①诗集 – 中国 – 当代 Ⅳ.①I227

中国版本图书馆CIP数据核字（2022）第199984号

迎光者：108位诗人素描

李国坚　著

出 版 人	陈　波	
责任编辑	李梦琦　万思雨	
书籍设计	张诗思	
制　　作	何　丹	
出版发行	百花洲文艺出版社	
社　　址	南昌市红谷滩区世贸路898号博能中心一期A座20楼	
邮　　编	330038	
经　　销	全国新华书店	
印　　刷	江西润达印务有限公司	
开　　本	720mm × 1000mm　1 / 32　印张 5.75	
版　　次	2023年2月第1版	
印　　次	2023年2月第1次印刷	
字　　数	100千字	
书　　号	ISBN 978-7-5500-4678-8	
定　　价	42.00元	

赣版权登字　05-2022-245

邮购联系　0791-86895108
网　　址　http://www.bhzwy.com
图书若有印装错误，影响阅读，可向承印厂联系调换。

序

—— 杨克

我曾在一篇文章中写过如下的话："不仅早在西晋据说就有'曲水流觞'，兰亭修禊，后也有王安石邀名人雅士高官饮酒赋诗引为千古佳话，然而古人也并不是人人能诗。据史载，有11人写了两首诗，15人成诗一篇，也有16人作不出诗，各罚酒三觚。王羲之将诗汇集，乘酒兴书写了天下闻名的《兰亭集序》。"我的意思是说，自古诗歌就是诗生活，所谓雅集，也是文朋诗友之间的游戏。且哪怕古代的文士风流，也不是人人任何时候好诗迭出。而推杯把盏间，酒肆唱和，茅屋小酌，都能吟诗。乡下的读书人，更不是要创造佳作，成为大师，才写诗。如同一个人吹笛子，拉二胡，是生命丰富充盈的表现。

今人李国坚的108首诗全为致人唱酬之作，一部分为网友类型的诗人，或者说诗歌爱好者，也许从未谋面，却通过电子屏相谈甚欢。良游方寸里，何必待相逢，这是李白与杜甫在他们那个时代做不到的。还有一部分是通过阅读，他们多为成名已久的诗人，甚或有的已驾鹤西去，但皆是神交已久，相通灵魂，以诗行作暗径，会晤这些高级而有趣的灵魂圈子的诗人。当然，也有现实中能经常见面

1

的友人，交往甚深，有感而发，即兴而作。最后一首，是写给心目中的诗神，却视为良朋知己。

在古代，像此类赠人之作，数不胜数。仅李白赠谢朓一人，谪仙人便写了不知多少首，《秋登宣城谢朓北楼》的"谁念北楼上，临风怀谢公"，《金陵城西楼月下吟》的"解道澄江净如练，令人长忆谢玄晖"，《谢公亭》的"谢公离别处，风景每生愁"，等等。最出名的一首当属《宣州谢朓楼饯别校书叔云》，"弃我去者，昨日之日不可留。乱我心者，今日之日多烦忧。长风万里送秋雁，对此可以酣高楼。蓬莱文章建安骨，中间小谢又清发"，诗中的"小谢"便是南朝时期的谢朓。赠谢朓的诗，也算致敬诗，因两人不同朝代，不过李白却是熟读谢朓的诗，甚至已心意相通了。李白的很多诗，也经常为自己生活中故交云散、盛会难再而深感惋惜，这表现了李白对于人间友情的珍视，也很容易引起读者的共鸣。可以说，李白的一生，就是在不断地告别旧朋友，迎接新朋友。而李白的《赠汪伦》，"李白乘舟将欲行，忽闻岸上踏歌声。桃花潭水深千尺，不及汪伦送我情"，则是李白诗中流传最广的佳作之一。这样的送别，侧面表现出李白和汪伦这两位朋友同是不拘俗礼、潇洒不羁的人。还有一个能让诗仙为他写十四首诗的人，就是元丹丘，没错，正是《将进酒》

中"岑夫子，丹丘生，将进酒，杯莫停"那个被李白劝酒的元丹丘。李白是一位浪漫主义诗人，其赠人之作多挟带他的侠气、文气和豪气，这也是无数后人争相模仿却从未超越的。此外，孟浩然的《送朱大入秦》，"游人五陵去，宝剑值千金。分手脱相赠，平生一片心"，也是一首不错的赠别诗。古人常以宝剑配身，而诗人以剑赠友，则体现出诗人一掷千金、重情重义的精神境界。而司空曙的《别卢秦卿》，"知有前期在，难分此夜中。无将故人酒，不及石尤风"，也是一首临别赠友诗，诗中直接道出了与友人难舍难分之情，自然而诚挚。诗人明知友人将别，却幻想能用一阵"石尤风"阻挡他前行，从侧面衬托出诗人对友人的挽留之情，也表达出两人的深厚友谊，读来真切感人。

我谈及古代伟大诗人，并不是类比李国坚也如是，也并没有认为他的诗因此就如何优秀，只是表明这样的写作方式从来就是诗歌生态。故而我们再看李国坚写给鲁克的诗，语从至情发出，是因为鲁克当天强忍住父亲驾鹤仙游之悲，匆匆回深主持"深读诗会"，诗会结束时作了简短说明，便哽咽，后更泣不成声。诗会现场特别的安静中有被感染后的啜泣声，李国坚即时便写下："我们的眼睛里流淌着鲁克老师的泪水。"李国坚景切情真处，信手拈来，所以也很是感人：

大地从来没有今天沉重

稻谷从来没有今日深沉

阳光和白云去了哪里

天空从来没有今天这么低沉

脚步从来没有今日这样沉闷

骨肉相连的老父亲

血脉相牵的老爸爸，你去了哪里

太匆匆的送别

没有一点心理准备啊

太匆忙回到深圳

拿起深读诗会的话筒

一切都没有准备好啊

这一刻，天知道

有多么不习惯啊

这一刻，却真正理解了强颜欢笑

和永远无法弥补的遗憾

此诗，不雕不琢，天然成响，故妙。若说"我们的眼睛里流淌着鲁克老师的泪水"，便是凡语，妙境只在一转换间。深情赖有妙语达之。而语出天成，不假炉炼，才是赠人之诗的精粹所在。

李国坚所赠之人，多为"深读诗会"里的诗人。2018年11月9日，在广东深圳，一个由赵婧、朱铁军、鲁克联合发起的名叫"深读诗会"的文学活动自启动以来，他们基于一种朴素的、单纯的心愿，让诗歌现场融入诗情、诗性，融入诗人与诗人之间，诗人与诗歌之间，语言与情感之间，返璞归真，去繁芜而从心、入境，回归到真诚、质朴、温暖、自然、随性的诗歌交流现场。李国坚也很多次参与"深读诗会"，以下是他参加了"深读诗会"第十二期阮雪芳的专场写的一首诗：

一些经霜的事物

总想在秋天

模糊雪花和霜花的定义

纯粹抑或朦胧

秋水渐渐在笔端消瘦

长天悠悠在眉头高远

影子拉长眉目间的距离　弹性十足

顾盼间　一枚钉子醒了

时光想钉住这一段视线

我们用深读诗会的重锤　朝向钉子

用诗中温柔的穿透力　落锤

李国坚也找到了阮雪芳的"钉子"意象，"深夜，地球上的一个国家/国家的一个省份/省份的一座小城/一条江，江边的/一个人，站着，好像一枚钉子/一枚醒着的钉子/冷冷地钉在地球表面"。这是阮雪芳其中的一首代表作，对阮雪芳所作的"意象素描"是准确的。

赠人玫瑰，手留余香。

后面赠洛夫、木心、王勃的诗，就显得力不从心，因为没有交往与交流，其情难免苍白。

当然，李国坚这些对诗人的"素描"，很多仍局限于诗人间的"神交"，很多诗人缺乏真正的深交，哪怕是真正意义上的"深读"，没有现实中友谊的基础，部分诗作仍是"浅"了。"不及汪伦送我情"，那时33岁的汪伦确与54岁李白成了"忘年交"，另一首诗中也对汪伦大为赞赏，称"畴昔未识君，知君好贤才"。汪伦在得知李白囊中羞涩后，又送李白八匹好马、十端绸缎。在唐朝，钱帛兼行，绸缎可代货币，这确是一份厚礼。临别时两人依依不舍，用李白的话就是"我行值木落，月苦清猿哀"。汪伦在桃花潭边设宴为李白饯行，"永夜达五更，吴歈送琼杯"，通宵达旦饮酒。到天明时，微醺的汪伦送李白上船，在岸边拍手舞蹈，唱起《踏歌》一曲。李白大为感动，才写下脍炙人口的《赠汪伦》。

据传，李白的这首诗后来被汪伦珍藏，他死后，其子孙一直奉为"传家宝"，流传至今，而两人的故事也成了世人津津乐道的话题。可见，赠人之诗，写得好，是可以流芳百世的。

李白的游历也决定了他的"交游"，三流九教，人生百态。

所以，赠人之诗，也不要局限诗人圈。

情真，意才切，我想，人生贵相知，必追诗与远方。

是为序。

2022.09.01

杨克 男，1957年生，广西人，诗人。现任第四届中国诗歌学会会长、广东省作家协会副主席，国家一级作家，编审。中国"第三代实力派诗人"，"民间写作"代表性诗人之一。在《人民文学》《诗刊》《中国作家》《世界文学》《上海文学》《花城》《当代》《大家》《青年文学》《天涯》《作家》《山花》等有影响的报刊发表了大量诗歌、评论、散文及小说作品，还在《他们》《非非》《一行》等内刊以及海外报刊和网络平台发表作品。

2021年1月31日，在中国诗歌学会第四次全国会员代表大会上，当选为第四届中国诗歌学会会长。

2021年12月16日，中国作家协会第十次全国代表大会第四次全体会议选举产生，当选为中国作家协会第十全国委员会委员。

李国坚的诗集《迎光者》别有味道，诗人将108位诗人的名字作为这部诗集诗写意义的出现。然而，值得关注的是诗集里所涉及的108位诗人中，并非全是在世的诗者，还有一部分是已逝的古代名人。这就让我感到，在诗人李国坚的内心充实着一个别样的心理，那就是他把自己看重的或接触过的诗人都尊称为"老师"。这说明李国坚在诗歌写作道路上一直保持低调、谨慎和谦逊的治学态度，让人敬之。

三人行必有我师，也是他真诚的诗学个性。更值得关切的是，诗集里面的"名字诗"格局不同，各具特色。有些是本着名字本身延伸出来的情感，乃至获得精神上的抚慰。有些是根据生活接触后获得的印象，从中取材汲取"名字"的语义或含义，甚至是发生在名字之外的一些故事性参与，这些关于靠近诗人情感上的东西都被李国坚一一放在了心间。关键是有一个难以忘怀的现象，那就是诗人从中拿出最诚实最朴素的语言去诗化人本的诗意生活。这在林林总总的诗集出版内容上来说，他的诗集可谓独树一帜。诗人将一种情感升华到一个精神敬仰的层面来演绎"名字诗"的意义，这已经体现了诗人对他所纪念过的古代诗人或现世的诗人的那种情感上的关怀和诗意化并结出来的内心生活，和心理真实是分不开的。可以说，他的这些诗几乎涉及他生活的日常和生活下的心迹。当然，不能不说诗人李国坚一方面尊崇诗歌本身的写作持有的敬仰，还尊崇于那些诗人。他将一份感激还原到诗意的馈赠，的确给他的诗意生活带来了活力和生气。从这点上看，诗人的写作生活不仅仅关系到生活内容本身，还关联到一个关于诗人名字的写意化和个人生活的填充。我觉得这些诗从某种程度上不单单体现了诗人李国坚的写作心态，还体现了他真诚的写作态度。通过这些诗人的名字，他将一种对诗歌的崇敬之心反馈到那些值得学习和可敬的诗人身上，当然也包括诗人们的生活。然而这些生活的东西都在李国坚的笔下生发出别样的光彩。

他之所以给诗集取名《迎光者》，是从那些诗人身上找到了一个崇尚生活和人本的积极意义。是的，《迎光者》背对的是黑暗，是对生命之光的渴求。这对诗人李国坚来说，更重要的是一个人生态度问题。

他说：有你的地方 /天高云淡/我从不带伞。他说：你来 /一条河从身边流过 /你离开，一条河 /在天上，让我仰望/有时，我摸到了星星般的文字/像麦粒，点种着我的梦。这些朴素真诚的语言倒出了诗人李国坚诗意化延展了主题，这些文字低调得就像夏天蓬勃的小草那样健壮，就像诗人在沙滩上弯着腰身捡拾一枚枚贝壳。而这些"贝壳"在他手上却能让读者听到藏匿的海风。他的诗在靠近每一位诗人名字上去递进心灵，递进相关关照的他人存在生活和自我存在生活的关切，这种融合不能不说李国坚在写作这种题材的诗时，怀揣极大的感情，让人感到了文本之外的温度。海德格尔说：诗的主题是存在之命名，诗的内容须开启一个世界并凸入一个大地，诗的语言是最美的语言，写诗要对存在进行沉思，诗人的天职是引领人类还乡并诗意栖居于大地。这让我感到李国坚的写作不单单将一种主题命名到文本内容上，他还将精力集中到诗人名字本身。这不可置疑的也是一种命名，这种诗写上的命名更体现出他将一种理性上爆发出来的情感介入到"名字"本身。他把他接触到和看到的诗人名字当作一个写作上的题材本身，当然这主要在于他丰厚了他的诗感的日常。值得看重的是他将这些名字给演绎到一个可想象、可思考、可触摸的心理现象上。通过他过滤的心理去更温和地解析出一个名字存在的内涵。当然这里面包含了他对生活的态度和热爱。他说：敲开一座名叫鹏城的门 /你用一袋蛙鸣 /吟咏着深圳，尔后 /你快马加鞭/诗潮澎湃去歌唱 /澎湖湾般的迈特村。这些语言在艺术化处理上得到了有效的发挥，他是通过名字所孕育出来的含义去介入主题的，这样，读者就可抛开名字本身，想象到名字之外的东西。其实，这也是诗言外的道理。诚然，诗人李国坚在写这些"名字诗"的时候，俨然不会逃脱主题本身，他总能让语言环绕，显现出侧影，让读者在一种艺术语言的感染下去鉴赏文本。当然，我看重的是这些语言在婉约的过程中创生了一种想象力和艺术感召力。他说：在诗的结尾处 /你虚晃一枪 /为谁，留下白月光 /我感到了庞大的枪口/对准了黑暗。这是写给诗人李晃的一首诗，是很有诗性的一首。因为这首诗在简短的文字和语言中处处投射出一种诗之外的意义。那就是李国坚将李晃的名字给寓意化和尖锐化了。像这样的写作心理动机在他的诗集中占一大部分。他试图将一个名字下的内涵主观解析出外意的存在，这正是诗意和诗性的存在价值观。他在给李晃写这首诗时，只取他感受到的东西，当然这些内在的东西也是他的一个心理上的写作动机，却直接撞击了现实某些存在的现象。从诗写意义上来说，他的语言保持了自觉，并指射到一个外在的指向。在诗中他对准了现实，存在一种真诚的"否定"意识，当然诗中涵盖了那些值得关照的事实动机，让诗发散到一个可思考的外在因素上，获得深度思考。那就是诗人李国坚将名字作为了一个符号适用，严格地说，他温和地利用了名字，利用了自己的主观性。诚然，诗文本化境到一个文本之外的广大，让读者从中获得很多的启示和思考。事实上是，主张诗人的语言智慧化，以含蓄的方式给人以启发；诗人用语言，但他和一般作者和说话者不同。

所以，诗的语言是一种摆脱日常语言的写作。实质上说，诗歌的第一要素是情感，无情即无诗。诗歌总是把诗人的精神世界袒露出来给人看。即使是对客观生活的描写，也必定经过了诗人主观情感的淘洗、酿造、升华，充满着情感的力量。

那么再看诗人的几首几乎是靠近纯诗化理念的作品，读者就会从中获得诗写意义上的有效体验和思考。他在给老刀的一首诗里写道：老刀老师 /老刀从不离手 /打滑的泥土上 /陌上花在刀光下盛开 ——。首先，他写得很诚恳，除此之外，诗人运用客观的表现手法介入诗歌本体，他将一种可能性的隐喻功能施加到语言中，事实上，"陌上花在刀光下盛开"试图影射很多的外在现象，当然这可能涉及诗歌本身。但，读者会从语言中获得更多的思考，可以说有很多的发散和宽泛的影射效果。这也是诗性本身带来的外在性。他在给李可君的一首：时间长成你的秀发 /诗歌以风的弹性/将云朵编织成蝴蝶/在你憧憬里，飞。短短四句已生动地在描摹和心理刻画上提升了想象力，这种鲜活的语言在从具体到泛化的意境场上，给予了很好的呈现。其实李国坚的诗大部分是以委婉的语气和艺术化并联起来的行为方式。他在这些简短的诗歌中抓住某些特写或者发挥自己的主观想象对"主题"进行解构处理，当然也有很多直接陈述的结果。可，他是用心的。用心灵去渗透"主题"，他将一个诗人的名字活灵活现或者真实的或者泛意的去对应、关照。

　　鉴赏他的诗歌，如果找准了情感突破口，对诗歌主旨的把握就会更准确，对情感美的领会就会更深刻。往往他的诗中有种外在的延续，这些外在条件的动机只是被放在了语言的背后或者说放在了一个侧面交给读者去领略。当然，不能说李国坚的诗不排除其他的干扰因素，他有时候往往过于追求文本完整，而给人戛然而止的感觉，这倒不是关键环节，我倒是觉得这方面直接反映了诗人的某些心理特征，通过他的文本可窥见他是一个力求完美主义者，一个很果断坚毅之人。文如其人，我读到了很多。但是，在他的诗歌中精神价值体现最可贵的是唯美的诗意化。有时候他将名字想象成一块海绵，干燥的海绵要吸很多水，这些水其实就是李国坚的精神和思想意识的介入，他介入了文本，文本就升华到一个泛化诗写主义上来了。虽然这些名字在写作时只是一种符号，但他将这些符号赋予了内涵或者陈述出一定的诗化在场效应。比如他写给林楠的诗中说：也许，浪花初醒／却发现自己在昨夜梦中／堆积成了大海 。这是一首很有意境的诗，其实语言中保留了对过去时的一种理解，这是难能可贵的心理体验。在另一段中说：只有鸟儿最自由／它的天空／空得只剩下一种飞翔 。这是很有意指的内在的表现主义特征的东西。诗歌中体现出让读者跟随语言行驶到别的地方去思考和延展文本意义。那就是说，诗人借此写到了一个自在的矛盾性，其实这种矛盾的体现是对应到整个社会性的普遍存在的理念或者观念性的动机。但，诗人从来没有直接去说什么，这些都是在投影中悄悄发生的，这也就验证了一个现代主义诗学的理念。应该是体现了表现异化主题的存在观；文化是人的外化与象征，也是文明发展的标志，却倾向于文化批判，本质上基于对人的生存状况、人的本质问题的探索。还有：那些我无法堆放的事物 /除了十一月，还有 /你和诗，虚和实。瞧！多有意味。诗人将一种存在观念上升到理性主义的解读，他将具体放在了一个理念上生发，出现了意义，让人思考。

诗人李国坚的诗集《迎光者》已经涵盖了他所有的精神和价值体现，涵盖了他诗写意义上的最突出的动机，那就是他将诗与光之间的含义巧妙地融合在了一起。也就是说，他将一种存在与此在之间，不存在与理性之间构架出一个艺术呈现的面貌和体系。准确地说，他在写作中感悟人生，感悟生命本质，感悟存在与理念之间的观念问题，只是诗人通过"名字诗"作为一种代价去演化另一种"悟"的可能。

在诗人李国坚的诗集中，还有大量的对故事情节的叙述和对人物本身的直接陈述的文本，这些诗同样有着很好的感染力，这些诗更接近生活现实和日常化的普通生活。我看到了李国坚的部分生活分两种：一种是纯粹的心理理念塑造出来的李国坚；一个是将故事情节化陈述出来的李国坚。然而这些写作动机却恰恰说明了他对生活和生命的观察和思考。还有一些诗是对先贤和逝去的文学家的感悟之语。在这里我就不再一一列举，读者还是翻开他的诗集慢慢品。

劳·坡林说："诗不只涉及人的理解，还涉及他的感官、感情与想象。诗在理解度之外，还有感官度、感情度、想象度。"这也是李国坚诗意发挥的一个基本原则。他在写给108位诗人的作品中，很多语言看似简单，其实指射到一个外在的存在理念，也就是说他将语言本身放在了一个事物发生的点和面上来发挥，并非局限于语言本身了。这就是说诗人李国坚很懂得诗语言的外意效果，他通过具体现象的发生；到心理真实的幻化，遵循了一个写作上的真诚，那就是艺术的呈现文本，带动读者启发。

事实上，现代主义诗歌最大的特征是："现代主义强调表现内心生活和心理真实，具有主观性和内倾性特征。在一些现代主义作家看来，传统文学那种看似逼真的人物和物象描写其实是一种假象。因此，必须摈弃对人物性格和一切相关的附属品的描绘，使读者进入人物的心理现实，这就拓展了文学表现的领域，改变了传统的艺术思维模式。"这段引言很明确地告诉大家一个写作和创作上的事实，特别是现代主义诗歌写作观，对摈弃外在杂质，聚焦内心过滤的重心已经是现代作者和诗人们所扬程的重点。当然，自从20世纪前期现代主义文学的主要流派出现了后期象征主义、表现主义、未来主义、意识流、超现实主义、"迷惘的一代"等多种表现手法大大厚重了诗写主义上的分量。返回来说李国坚的诗，在这部诗集中，他大胆地运用了某些象征和隐喻的手法，运用了一些白描的手法，运用了某些陈述和叙述的手法。当然还有口语化诗歌形式的介入，从中可以看到他试图尝试多种"疗法"，试图通过各种表现手法足够囤积他精神的食粮。

事实上，不管什么手法，只要是言之有物就行，只要是能在文本中得到发挥和启发效果就行，当然不可能排除的是"艺术本身"的融合。就像黑格尔说的一样，"诗，是艺术中的艺术"，因为诗包含了音乐、绘画、雕塑等具体的艺术表现力，唯独诗的形式可以包容这些具体的艺术存在。黑格尔在《美学》中说道："诗人不是将外在事物和情况表现为所想的那样，而是表现为它们本身原有的样子，这样诗人就赋予了它们一种独立的有灵魂的生命。"就像英国作家阿兰·德波顿在《艺术的慰藉》这本书里说："在艺术里，升华指的是心理过程的转化，将平凡的基本经验转变为崇高的美好事物。"这是很有道理的。比如李国坚的诗中："只有鸟儿最自由 /它的天空 /空得只剩下一种飞翔"。其实就这简单的两句话，已经上升到一种

"崇高"，不过这种崇高分派给了一种鉴别力。

诗人李国坚的诗集《迎光者》遵循了艺术表现力。记得法国诗人兰波说："诗歌与我们的真实需要相联，那就是承担起我们的有限性，承认我们内心的无限性……在这个已经面目全非的世界上与我们的亲人建立起更直接的联系。"虽然这句话在"面目全非"这个用词上带着兰波时代的背景，但从人文角度来说，也矫正了一个事实，就是诗人的良知。诗人是一个发现者，一个发声者，一个持烛者，诗人照亮了黑暗。诗人能第一个发现美和艺术的存在价值，诗人通过各种生活现象和具体，从中发现"真、善、美"的存在。那是一种唤醒意识，那是存在于诗人心中的精神生活。那么诗人李国坚在生活日常中处处发现，他从名字中解读生活现实或者人本意识的存在个性和鲜明的存在感，以饱和的感情递进主题；或正视或偏展或演绎。当然不乏某些象征和暗示效果的运用，使得他的诗在一种几乎单纯和简单的线条中能够主动延伸和发挥。就像他在诗中写的："有一些沉淀/无声无息中/正完成一场自我蜕变"，给人思考。他的诗集延伸出108位诗人的个性和内涵以及隐喻的东西，从主题本位到文本本身很多都在自然中发生了某些意外的东西，这些东西都是值得思考的。涉及和暗示了一个社会性和存在本身的理性和辩证的思维。这说明了李国坚正在诗歌道路上以"迎光者"的身份

一起参悟到这个人文世界。此文为《迎光者》序，与读者
共讨。

2022/5/29写于武汉。

谷风　实名：王熙文。山东人，现住武汉。中国诗歌学会会
员，谷风诗学院院长，《谷风诗刊》总编。作品入选《21世纪诗人
大辞典》。作品见于《诗刊》《上海作家》《诗选刊》《汉字文化》
《绿风》《大学生时代》《汉诗》《中国诗人报》《诗歌报》《青年
诗人》《诗库2007卷》等100余家报纸杂志及诗歌选本，发表500余篇
首作品。著有诗集《谷风》，诗理论集《谷风论诗》《玫瑰诗论》。
诗集《暗访的语言世界》亟待出版。

自序

李国坚

子曰：三人行必有我师焉！当我把108位诗人素描写完后，搁下笔，眯上眼睛，斜靠在办公椅上，108位诗人老师从我的脑海中逐一浮现，每位诗人带着各自不同的光芒，我迎着光朝诗人们走过去，成为他们的一份子。我们好像早就约好了的，会合后一起迎着更明亮的诗路，并朝同一个远方走去。我们知道远方啊，白天有一轮诗歌的红日，夜晚有一弯诗的白月光，诗人们皆是迎接光明的使者，故诗集名为《迎光者》。

我爱好写诗，经历了三个阶段：第一阶段是同每一位诗人写诗，有的熟悉，有的初识，有的不曾见面，我都见诗如面地学习，且打心里向诗人们学习，并称他们为老师。

第二阶段是向身边的每一位男女老少有缘一面者学习。从他们的言行举止、仪容仪表、待人接物等方方面面去观察与学习，从日常生活中发现诗意，挖掘诗语言后写入文本中，这些日常中的点点滴滴的积累，使诗歌有了更浓厚的情感，这些情感构成了与之有关的精神世界。生活即人参与的社会现象，有了人文景观，也有了诗歌创作不可或缺的材料和元素。这些渗透了丰富多彩的人情和诗意的并结起来的美好的东西，含趣味性并富哲理性，故我打心里称他们为老师，以此为鉴。

第三阶段是我放眼望去的山川大地，深遂遥远的日月星辰，触手可及的花草树木，蝴蝶蜜蜂，飞禽走兽。它们的动与静，它们的四季轮回，它们的各种自然规律，深深地吸引着我，吸引我拿起笔。拿起笔的我，就走进另外一个世界，故我当它们为老师。

遇到就是缘起，上面所说的老师们，此次在我这本《迎光者》里集结了描写诗人的这一部分，从内心出发描写我与每一位诗人老师的相识，学习过程对我的影响以及诗与诗的交汇后形成的涓涓细流与江河湖海，碰撞后擦出的火花明亮。至于其他老师，我会在接下来的时间里慢慢去续写和整理，永远感恩每一位老师，是你们给了我诗歌创作的动力，是你们给了我看到花写花，遇到草写草的机遇，每一次我都倍加珍惜。

诗是眼睛里一目了然的光，我一直迎着光写诗，写着温暖与明亮。我期待写下来的，在读山与读海之间，所有老师们有缘读到，读诗和读你，在读山与读海之间。

目 录

写给阿樱老师………………………………… 001

写给宝兰老师 ……………………………… 003

写给陈昌华老师…………………………… 004

写给陈鸿波老师…………………………… 005

写给陈丽老师……………………………… 006

写给陈少华老师…………………………… 007

写给程向阳老师…………………………… 008

写给陈玉梅老师…………………………… 009

写给戴逢春老师…………………………… 010

写给大生老师……………………………… 011

写给独上西楼老师………………………… 012

写给戴薇老师……………………………… 014

写给费新乾老师…………………………… 017

写给风雨萧萧老师………………………… 018

写给谷风老师……………………………… 019

写给甘利红老师…………………………… 020

写给甘利英老师 …………………………… 021

写给黄灿然老师…………………………… 023

写给黄惠波老师…………………………… 029

写给海舒老师……………………………… 030

写给胡野秋老师…………………………… 031

写给海子老师……………………………… 032

写给何中俊老师…………………………… 033

写给焦朝发老师…………………………… 034

写给姜二嫚老师…………………………… 035

写给江飞泉老师…………………………… 036

写给江湖海老师…………………………… 037

写给蒋雄翔老师…………………………… 038

写给蒋正华老师…………………………… 040

写给唐朝刘长卿老师……………………… 041

写给老刀老师……………………………… 042

写给老刀客老师…………………………… 043

写给吕贵品老师…………………………… 044

写给诗侠李晃老师………………………… 047

写给李菊初老师…………………………… 048

写给鲁克老师……………………………… 050

写给李可君老师…………………………… 052

写给李莉老师……………………………… 053

写给李立老师……………………………… 054

写给李兰妮老师…………………………… 056

写给练立平老师…………………………… 058

写给李敏老师……………………………… 059

写给林楠老师…………………………… 060

写给兰浅老师…………………………… 063

写给李双鱼老师………………………… 065

写给李玉老师…………………………… 067

写给刘永老师…………………………… 068

写给李宇峻老师 ………………………… 069

写给莱云莫多老师……………………… 071

写给厉有为老师………………………… 072

写给李征朝老师………………………… 075

写给罗智勇老师………………………… 077

写给马时遇老师………………………… 078

写给马兴老师…………………………… 079

写给彭魏勋老师………………………… 080

写给邱华栋老师………………………… 081

写给青鸟老师…………………………… 082

写给祁念曾老师………………………… 083

写给阙滕桢老师………………………… 084

写给任怀强老师………………………… 085

写给阮雪芳老师………………………… 086

写给苏东坡老师………………………… 087

写给水去老师…………………………… 089

写给孙夜老师…………………………… 090

写给唐成茂老师………………………… 091

3

写给陶窗明老师……………… 092

写给田地老师……………… 093

写给天河老师……………… 095

写给涂礼敦老师……………… 096

写给滕延霞老师……………… 097

写给吴笛老师……………… 098

写给王法老师……………… 099

写给王国猛老师……………… 100

写给吴光权老师……………… 101

写给王敏健老师……………… 105

写给王山老师 107

写给魏先和老师……………… 109

写给邬耀仿老师……………… 110

写给谢湘南老师……………… 111

写给远红老师……………… 112

写给杨克老师……………… 113

写给一粒草籽老师……………… 116

写给虞宵老师……………… 117

写给余秀华老师……………… 118

写给杨飞云老师……………… 119

写给赵华奎老师……………… 120

写给张鸿凌老师……………… 121

写给赵婧老师……………… 123

写给张军老师…………………………… 124

写给赵俊老师…………………………… 125

写给周建好老师………………………… 126

写给钟晴老师…………………………… 127

写给左秦老师…………………………… 128

写给张琼娣老师………………………… 130

写给张清宇老师………………………… 131

写给周瑟瑟老师………………………… 132

写给张伟明老师………………………… 133

写给童话爸爸周艺文老师……………… 134

写给张奕元老师………………………… 135

写给张忠亮老师………………………… 136

写给喻炎纯老师………………………… 137

写给洛夫老师…………………………… 139

写给木心老师…………………………… 141

写给王勃老师…………………………… 143

写给沈从文老师………………………… 146

写给凯歌老师…………………………… 148

写给铁匠老师…………………………… 150

写给诗歌………………………………… 151

后　记…………………………………… 153

写给阿樱老师

题记：有幸参加诗人阿樱的第四本诗集《纪念日》分享会，阿樱是惠州市诗歌学会创始会长，她的诗观：情感流到指尖便是诗。在分享会现场，我尝试以指尖在手机屏幕上，在三面围观下8分钟写下此诗。

春草长出蓝天，花儿开出彩霞

诗人啊，春天里

快把遥远的白云　与新疆的棉花摘下

春天该有春天的收获

诗行滋润青春　青春流向黑发

如果一定要拿什么来比喻

西林河和西湖，东江和西枝江

如一个人的左手牵着

另一个人的右手

这应该是特别的纪念日

坐在望京楼上，春风十里皆可以忽略

西湖才是最好的纪念杯

把所有的诗行注入杯中

清晨，端起它　洗脸刷牙漱口

傍晚湖水缠绕你的指尖，煲汤与泡茶随意

惠州诗人部落的门扉开启

诗的旗帜在你的指尖

与高榜山一样　立于黄昏

写给宝兰老师

把诗歌之外的元素
融入到诗的血液中
再把情感哲理温暖与诗意
放入诗歌的景德镇煅烧
天青色等烟雨
你手捧一颗青花玲珑心

写给陈昌华老师

胸膛里的烈焰如火山

用力呼呼拉响诗的风箱

一笔一锤　一锤一行

反复煅烧与千锤百炼间

一件件金属质地诗的成品　完美呈现

站在一座名叫深圳的鹏城

你拉满月成弓

朝诗歌的日月　左右开弓

写给陈鸿波老师

那些写入诗中的　如星辰入银河

那些不在诗里的

陈旧成琥珀，水晶或钻石

从岁月的长河中　游来游去

站在新时代　写古代的格律诗词

如同那天　你身穿汉服唐装

款款而来，分身有术

又合体有法

唐宋元明清

你放马过去　那个朝代

就多了一位翩翩才子

写给陈丽老师

游过诗意的普吉岛
喝过诗歌的交杯酒
每一个文字隽永如红木
有人说你染红了秀发
我说你燃烧了诗歌

写给陈少华老师

笑容间裸露阳光

融化已知的大雪与未知的寒冰

眼神里那把明亮的摘诗之剑

剑刃处由厚转薄，且薄如蝉翼

一遇血，即封喉

写给程向阳老师

题记：铁路诗人程向阳兄弟邀请我入群，谨以群名"风从铁路吹过"作同题小诗一首。

时间的轨道

铺在每一个人心里

起点和终点　为什么总是

介于清晰和模糊之间

风从铁路吹过

心跳的声音　平行压向轨道

况且况且况且况且

有人说　绿皮火车，还没有来

可风啊　已从铁路

满载着　一节一节经过

写给陈玉梅老师

摇匀一些梦的色彩

掺入一些关于你笑容的元素

冰和热的奶茶

已在你手中，如果想知道

哪一杯，会更有味道

那就干脆　各拿一杯，倒入诗中

写给戴逢春老师

戴上一顶诗的绅士帽

你，逐字捉蝴蝶

你，逢雨追春风

没完没了的

翻耕你的天地

写给大生老师

采一朵花　采下一片诗意

讲一堂课　芬芳那花的香

花蜜　一点一点收藏好

春夏秋冬　如爱不释手的古玩

再一滴一滴鉴宝　酸甜苦辣咸

在大生老师的舌尖

慢慢品出《诗经》里的香气

这一点，那一滴

写给独上西楼老师

题记： 曾经，属于我的那杯咖啡，是用沸腾的开水细心培养的。

这一年　我要把所有的鸡鸭鹅杀了

我要把全部的猪牛羊宰了

我要把全部养过的土狗，咖啡与小猫彻底忘了

我要把所有诵读过的经书焚烧在心底

我要把所有写过的诗用歌点燃

我要把所有关于亲情爱情友情的牵挂

交给北风抑或春风去抛洒

我要把所有的夏雨与秋实膨胀后炸毁

我要把所有经历过的春夏秋冬掩埋

我要把所有拥有过的风花雪月亲手葬送

我要把所有海洋湖泊大江小河倒转

倒得一干二净

在这新旧年交替时刻

我要拿起文字的利刃穿刺

我要一针见血

我要一剑封喉

我要把所有的癌症，疾病以及战争与欲望

统统粉碎与灭亡　不留一个活口

在新的一年里

我只要孤独地本能坐着

我只要孤独地原地站着

我只要孤独的灵魂在孤独的骨气中走着

我只要孤独地把关于青春

关于诗一样的自己点燃

尔后　任世界无边寂静

任一切崭新生长

流年啊　请赶紧把耳朵竖起来

我只要告诉你一个人知道

世间纷纷扬扬

我现在就出发　重写独上西楼

写给戴薇老师

1

阳光下的小石头　交头接耳

说着各自的方言

广东话，上海话，闽南话

也说普通话和英语

风儿忙着同声翻译

它们的语音与笑声

2

小河从童年和少年流过

花儿悄悄盛开在小河边

红的黄的粉的紫的

什么颜色都有

蝴蝶与蜻蜓飞过来

说着各自的童话

花儿边听边开

天空边听边蓝

3

说累了听累了

花香才缓缓入梦

花香也带着我们

入到她的梦中

梦里有另一种成长与童话

4

梦里也有一座

名叫海丽达的幼儿园

也有一位名字为戴薇的校监妈妈

她也在为我们边写边讲

一个又一个童话

5

梦中我们的微笑

和平常在幼儿园一样幸福

幸福渐渐长成了　一棵参天大树

上面挂满了无数的

太阳、月亮、星星与微笑的果子

6

戴薇妈妈一边指着

挂满微笑的大树

微笑着告诉我们

那些都是生命的果子

写给费新乾老师

一起，睡过文学的床

一起，推开诗歌的窗

一起，拿来玩具的笔

一起，捏那文字的泥

和诗歌相关的　都是远方

双手捧着你的文字

我低头默语了春天之草

已生满你的笔锋

那天，我在你名字下

学做一个标点

那天，我将你的背影读成

辽阔的草原

那里有诗里的一双眼睛

朝向了天空

那里，诗行里住着两个野孩子

曾留有我踏足的温度

写给风雨萧萧老师

两叶小舟并行

在现代诗中赋予难得的韵味

在格律诗中寻觅自由

世间真有双全法，你破墙而出

冰火猎猎，风雨萧萧

写给谷风老师

玻璃窗内外
一种倾向性的隔离
将诗与歌
分隔成两个世界

反复尝试
从透明中寻觅
隐性和显性的连接点
一种距离
在增加与缺失之间

写给甘利红老师

一种蔗糖的甘甜

一种刀刃的锋利

一种玫瑰花的红

这三个形容词之间

是否关联了某种因果与状态

一个人或者一首诗

如果甜得锋利

如果甜出红色

如果红色的甜中有某种锋利

如果某种锋利中有红色的甜

你尽可以凭想象

形象思维与逻辑思维

天马行空，纵横四海去写

在红岭这样从具象写向抽象的

是一位女诗人　名叫甘利红

写给甘利英老师

帽檐下被遮蔽的

也许藏着自己的世外桃源

也许有小蘑菇般的故事

也许一场三月的小雨后

雨后彩虹和雨后天晴

一些幸福正在叠加

成为一道多选题

你拿起绣花针一样的笔

在中国文化报上

一针一线去刺绣

一个字开出一朵小花

一个段落长出一段小枝丫

　一篇文章长成一棵小树

你专心种着一片小果林

是谁挑来风浇在水上

是谁栽下云朵在太阳的果园

是谁取下你的小红帽

是谁帮你穿好了锈花针

绣那岁月无霜，江山如画

写给黄灿然老师

题记：写于深读诗会第七期主题诗人黄灿然老师诗歌研讨会，研讨会主办地：洞背村栖野米糖民宿。

1.语言是多余的

在洞背村

所有的话语是多余的

所有的赞美是多余的

掌握最好语言的，是山顶望下去

涛声轻轻在讲故事

小渔村安静地听

2.另一种语言

赵老师说　诗人们一起走一遍

黄灿然老师走过的地方

体会一下他的创作灵感

来自哪里　大家边走边聊

每人写一首　关于洞背村的诗

有些灵感来自

一条小溪，一片小村落

一个小山坡，一汪大海

洗把脸吧　溪水那么清澈

听水流过脸庞和指尖时

她说了什么

3.大黑与小白

栖野米塘主人的两条狗

在村口迎接我们

一大一小，一黑一白

大黑的左后腿受了伤

走路时保持　骏马奔腾的姿势

那小白学着，亦如骏马奔跑着

刻意的模仿，姿势就有点不自然

受伤后奔跑　是怎样的一种心境

不由对大黑　肃然起敬

4.特殊听众

一只很小的蜻蜓

从诗会开始时翩翩起舞

扇动翅膀的节奏

和诗歌朗诵的韵味

相互和应

到诗评的环节

听完张尔老师，雪芳老师，戴老师

等几位老师的诗评

它降临到地板上

双手作揖，尔后叩首

再展开双翅，重复上面的动作

这是道教里的三拜九叩首

它在向诗歌虔诚朝拜

还是同诗歌主人行拜师之礼

远红老师粲然一笑

提醒我，快拍下来

5.关上水龙头

屏幕左边的花丛

开得正艳　可惜是假的

右边角落的树枝和花　已经枯萎

可惜了，它们是真的

小蜻蜓舞蹈着　看都不看假花一眼

小憩时停在那株枯枝上

朗读一首刚学的诗　给那朵枯萎的花儿听

它滔滔不绝读诗　如山上的泉水

真想走过去　把水龙头关上

不！　是把水龙头开大一些

枯木会不会逢春　长出嫩芽

6.一串葡萄

小个的葡萄　小小的一串

诗会的间歇时

赵老师提醒大家试吃

有儿时爬在葡萄架上吃的味道

正沉浸在记忆里

铁军老师突然咳嗽

从记忆的甜蜜　拉回到现实

葡萄在诗意的现场

自然的酸甜　这些葡萄

就摘自栖野米糖的美女主人

院子的葡萄架上　还有待摘的葡萄

过了儿时的年龄

谁真的会爬上去摘

7.多少与你可乐

主人的两只狗

一只叫多少，一只叫你可乐

名字就可以让人想象很久

也可以使人傻很长时间

戴老师说有诗意啊

它们在每个诗人身边嗅来嗅去

是想闻一闻诗歌的味道吧

熟悉一点了

在诗人们身上蹭来蹭去

好像想借机　蹭一点诗的气息

8.一条叫黑仔的狗

黑仔的主人云游在外

跟着黄老师来采风

它对每个人充满戒备

生怕哪个人偷走了黄老师身上

和心里的什么　黑仔

今晚，你是诗歌的忠实守卫者

9.一种生活方式

终要话别

可君老师牵着黑仔　往屋外走

一群人走向屋外的村落

黑仔突然温顺和享受

一路小跑着　洞背村

面朝大海，背靠青山

山上有水库，瀑布，山泉水

经常有云雾笼罩小渔村

村里人长期居住在　云牵雾绕处

把黑仔还给黄老师

从摇下的车窗挥手道别

从云雾中鱼贯而出

洞背村依然安安静静

我们带走了什么

除了诗的声音　又留下了什么

写给黄惠波老师

假如我是风雨雷电

你笔下1600行的史诗　从此开篇

春风耕耘如画山川

金秋收获漫山红遍

一路走来啊，你！

仰首为春，俯首为秋

你就是那　润物无声的春雨

写给海舒老师

大海每一次舒展身段

都尽情坦露

阳光漾起波纹的笑靥

一些风为何

驮来温暖和光

一群鸟为谁

衔来远方

写给胡野秋老师

你站在那里　不说话
文字就螺旋式升温
有人说你代表了
深圳文学的旗帜与名片
气氛开始沸腾
你开口娓娓道来
仿佛我从一壶茶里
上一秒倒出高山流水
下一秒倒出十里春风

写给海子老师

拿半片诗句的残瓦

给蚂蚁安个家

踢远的小石头

刚好是靠山

从此　不惧风里雨里

那滴汗水　顺石头流下

七十二滴　七十二个大海

海子正在涛声中醒来

春渐温暖　花含苞欲开

后羿收回弓箭

面朝　七十二个大海

写给何中俊老师

题记：中俊君是每日一诗的倡导者，每天早晨，微信收到他的诗作，如请喝粤式早茶。

细咽慢品间

是否品出了一样的绿肥

抑或个性化的红瘦

流光溢彩的气色

是否瞬间引人入胜境

是否某人某事也出品地道

让人唇齿留香

在阳光的舌尖

春风拂过说不出的美　照单全收

背光的一面也不放过

我习惯地点三个大大的赞

再一如既往　期待明天

变换花样的何式早茶

写给焦朝发老师

你和大鹏一起展翅
九万里风，八千年云
以及阳光沙滩海浪亲吻着仙人掌
大海啊！在你笔下有点小浪
心啊！亦如小鹿乱撞

写给姜二嫚老师

灯把天空烫出的洞里
夜晚有月光与星星
白天有阳光与云朵
如梦如雨如风，飘落

写给江飞泉老师

一点飞泉影下
一江碧水长流
谦谦君子啊，此处可述

写给江湖海老师

你笔端流淌的风花雪月
已汇聚成　诗的江湖海
而你没有走远
你独立成坚硬的礁石
在文字的声音里
看，云卷云舒

写给蒋雄翔老师

他刚从师范学校毕业
他看起来像个大学生
他年轻得不像老师
他是九班的班主任
他写得一手漂亮的隶书
他不是我的老师
他没有教过我任何一门功课
他和我同一个村
他和我在这之前素不相识
新生报到时我去找了他
没有饭菜票时找了他
周末想改善生活时找了他
冬天寒冷时他叫我去烤火
星期天偶尔叫我打牌打拖拉机
他和我输了一起钻过桌子底
他在闲聊中激励我们进步

他打比方为我们解惑

毕业后，听说　他当上了教导主任

那是老师的老师

后来　他离开了家乡

来到广东中山　成为大学的老师

桃李满天下

又是一年教师节

他没有教过我　我却自然想起了他

想起在校时学他写隶书

走进社会学他的行为举止

学他的彬彬有礼　和有条不紊

学他一边拍美景一边写诗的美好

学他的润物细无声

大家总是亲切叫他蒋老师

他在我的心里

亦师亦友亦兄长

平时一直叫他雄翔哥

今年教师节

我想叫他一声　蒋老师

写给蒋正华老师

总是觉得　你会把格律诗词

写到山穷抑或水尽

总是习惯了　转角处

柳暗身后有花明

于是我搬来

诗的小板凳　坐看云起

写给唐朝刘长卿老师

再往前走一段　沩山的那边

和仙溪的上游　都是初冬

天罩山的枫叶　火一样燃烧

祖辈们那些叮嘱的话

融化了　云雾山顶的初雪

两鬓　如路边自然长出霜花

如果逢雪　再夜宿芙蓉山

仍然　日暮苍山远

仍然　七十二峰如芙蓉盛开

不同的是　现在的芙蓉山

日出青山远　天暖别墅新

高铁蹄声亮　风光羡仙人

写给老刀老师

老刀老师　老刀从不离手

打滑的泥土上

陌上花在刀光下盛开

文字是累赘，笔墨是一种多余

拿起老刀　手起风云变幻

刀落血肉丰满

收刀时　泾渭分明

春夏秋冬已划分好　东南西北

轮回的方向云霁雾散

远方，明月，皆在秋天的指尖

注：老刀，中国作家协会会员，广东省作家协会理事。2000
年参加诗刊社16届青春诗会。曾获"首届徐志摩青年
诗歌奖""新世纪首届《北京文学》奖诗歌奖""《诗
潮》2014最受读者欢迎新诗奖""广东第十四届新人新
作奖"等近20多个诗歌文学奖项。作品被选入数十种最
佳选本。被《人民文学》主编韩作荣誉为"开辟了一条
属于自己的诗歌之路的平民诗人。"

写给老刀客老师

再磨老刀　刀锋削铁如泥

砍倒的春秋岁月

煮在一壶酒里　连喝三碗

蜀道在哪　华山在哪

天姥山又在何方

喷一口烈酒在刀刃

手起刀落，刀下，好诗如画

注： 老刀客老师，原名朱鸿宾，其诗集《今夜醉一回》入围
　　"第七届鲁迅文学奖"。

写给吕贵品老师

题记： 写给深读诗会第十三期主题诗人吕贵品老师。

1.透

不是躺在病床上，是依偎在云朵上

不是在透析血液，病毒与苦难

而是在置换明月，清风与彩霞

2.析

透过阳光

看到大地在寒冬里变温暖

析构彩虹，用诗意搭好桥梁

3.观澜湖宣言在湖里

把观澜湖宣言，放在湖里

他会是一尾鱼儿

她会是一朵浪花

4.观澜湖宣言在大地

把观澜湖宣言，种在大地

她会是小草萌芽

他会是高山仰止

5.观澜湖宣言在天空

把观澜湖宣言，放飞天空

他会是旭日东升

她会是嫦娥奔月

6.一千零一个梦

吕贵品老师读出观澜湖宣言

所有的鱼儿跳出水面

所有的绿意长满山谷

所有的诗意

跑到你的1001个梦里

7.梦里

一切都薄，一切都轻

一切都生长

一切都变得　透明，悬停

8.谈"诗"论嫁

还是会回到　一首诗里

回到任意一个梦里

她18岁，你18岁

又一起牵手

谈"诗"论嫁

注：1.吕贵品老师患病透析中；2.观澜湖宣言由吕老师在深
　　圳观澜湖发起；3.吕老师已完成关于一百个梦的诗作。

写给诗侠李晃老师

在诗的结尾处

你虚晃一枪

为谁，留下白月光

我感到了庞大的枪口

对准了黑暗

写给李菊初老师

父亲给予的生命　一端系着天空

天空有永恒的姓氏，如夜晚的恒星

另一端　系在大地的心里

心里有根植的乳名

中间割不断的　是怎么也

说不清的那根牵挂

河流总是从不间断的

从心里流过　习惯了

有事没事都呼唤　泉水的乳名

记得现在年少　只能在一汪小潭里玩耍

耳朵的旋涡起了茧

泉儿啊，来年

你就可以　去到更远的地方

那一头　有澎湃的大海

有海龙王的龙宫

那海龙王的女儿　听说个个很美

那里　有自由的海阔天空

此去经年　泉儿

在那片海边　有思念如潮起

潮起时　牵挂系在

日夜思念的故乡　系在

有河流仍在呼唤

泉儿乳名的故乡

写给鲁克老师

题记： 鲁克老师强忍住父亲驾鹤仙游的悲痛，匆匆回深主持
深读诗会，诗会结尾时作简短说明后，先哽咽后泣
不成声，诗会现场特别的安静中有被感染后的啜泣声，
我即时写下：我们的眼睛里流淌着鲁克老师的泪水。

大地从来没有今天沉重

稻谷从来没有今日深沉

阳光和白云去了哪里

天空从来没有今天这么低沉

脚步从来没有今日这样沉闷

骨肉相连的老父亲

血脉相牵的老爸爸，你去了哪里

太匆匆的送别

没有一点心理准备啊

太匆忙回到深圳

拿起深读诗会的话筒

一切都没有准备好啊

这一刻，天知道

有多么不习惯啊

这一刻，却真正理解了强颜欢笑

和永远无法弥补的遗憾

生活是为了有诗意人生吗

奋斗是为了诗里的远方吗

在诗会的动情处

鲁克老师泪如雨下

河水带走思念

从诗会的间隙　流回到故乡和从前

老房子旧灶台　小村庄老爸爸都在

真希望这不是梦

真希望有那样的梦

堂堂八尺男儿　放下话筒

任泪水淹没了泪水

可悲伤掩不住悲伤

那一刻　有一种痛

迅速传染成流行病

我的眼睛

我们的眼睛　一同流着鲁克老师的泪水

写给李可君老师

时间长成你的秀发
诗歌以风的弹性
将云朵编织成蝴蝶
在你憧憬里，飞

写给李莉老师

一直觉得

某个女子应该穿越时空

回到唐宋的一段旧时光里

一直觉得关于文字和模样

李清照啊！也许是另一个你

写给李立老师

你以一匹骏马的姿势

奔驰在祖国大地

你以一匹战马的姿态

闯入诗歌的领地

风花雪月都是你的形态

春夏秋冬都是你的容颜

你如一台白色的汽车风驰电掣

一直抵达山川大地的深沉

你亦如一朵洁白的云朵

出发就不曾准备停留

你走过的地方

背影后诗歌如大雁成行

如果你稍作停留处

文如瀑布，积水成渊

你走过的五大洲与四大洋

诗歌悄悄长出栅栏

栅栏里有你种下的城池群岛

也有你俘获的春意盎然

你拴好战马　坐在殿堂上

诗歌的文武百官肃立安静

诗的无冕之王李立

拍下惊"诗"木

文字异口同声高呼　威武

写给李兰妮老师

题记： 也许是偶然中的必然，因为小餐馆的半条鱼，兰妮老师爱上并留在了一座名叫深圳的城。

一座渔民们刚上岸的小城

一条小路边　一个小饭馆

一个厨师　一个服务员

也许是一对小夫妻吧

北方飞来南方的

一名如候鸟的旅者　一张小桌

一副碗筷　一杯茶水

她问了一个小问题

可以只点半条鱼吗

我一个人　吃不完一条鱼

服务员微笑回答可以

那请再加一小碟青菜

刹那间　柴米油盐酱醋茶

与小饭馆的烟火人情味

一起舞蹈般热闹起来

一顿简单的午餐后

阳光如水荡漾

美人啊如鱼，城如湖

写给练立平老师

石大姐讲完大学年代的爱情

你从左岸写开来

我从右岸画过去

搁笔时，她在水一方

她在水中央

写给李敏老师

有你的地方

天高云淡，我

从不带伞

写给林楠老师

题记：欣赏林楠老师摄影作品，瞬间被其作品中光与影、山
　　　与海，浪花飞溅礁石等极具视觉穿透力与感染力的现
　　　场所感染，仿如身临其境。稍微发了一会呆，特有感
　　　而作此组微型诗：十一月，那些我无法堆放的事物。

1

光逃逸的线条，是否
为了某个人在编织
云彩与围脖

2

也许，浪花初醒
却发现自己在昨夜梦中
堆积成了大海

3

思念与海风

是整个十一月

我无法堆放的事物

4

大海弯曲成一个孤形圆

我们始终看不到

完整的A面

5

海平面下

每一条鱼

都可能是会飞的鸟

6

海平面上

每一艘船

皆游往各自的港口

7

只有鸟儿最自由

它的天空

空得只剩下一种飞翔

8

所有的时间

都在流浪，我们

只是滴答声里的某一个文字或者刻度

9

那些我无法堆放的事物

除了十一月，还有

你和诗，虚和实

写给兰浅老师

草地边上

一边正在盖新的高楼

一边正在修独栋的别墅

草地中间的莫名湖

在草地的另一处边上

这草地的眼睛里

慢慢长出了丛林般茂盛的森林

你走着大家走过的大路而来

临湖而立　两个一样的女子

一个随风走向湖畔

一个被涟漪送别湖边

你朝着湖对岸碎步走去

小路被小草们画得有点朦胧

好像有淡然的音乐传来

你停下来静听

草地边上长出一株兰花

一种芬芳若有　又若无在浅处

还好　这一隅的草地边上

房子还没有

也许永远不会长出来

写给李双鱼老师

题记：如果诗歌是一尾鱼，诗人是另一尾鱼，写给深读诗会
　　　第二十八期主题诗人李双鱼。

掀起晨雾，山川呈织布状

连绵间游入眼帘

把瀑布分成透明的几股

靠近心口处

扎个流淌出心跳的蝴蝶结

深潭独有的一抹蓝　由浅到深

浸润着细致入微的感官

清空最后一丝牵挂

白鳞与红鳞两尾鱼　在七秒记忆里相知

为什么　总是在第七秒

两颗热泪滚落水中

所有关于诗与美好的记忆

又为何总是　在有彼此泪水咸味的

第八秒想起　且，记忆一旦醒来

天空和大地

为何悄然间如双鱼　渐游渐远

写给李玉老师

那篇《墙角的父亲》

火得不可理喻

兄弟啊　就凭这兄弟两个字

我们怎会不可理玉　（注："不可理玉"为李玉笔名）

你那颗冰心

写给刘永老师

你写的诗在画里

你绘的画在诗里

你的书法啊　如诗如画

你写本焕长老的传记

是长老一生的画卷与缩影

你的指画入选　吉尼斯世界记录

国家非物质文化遗产传承人

要我如何在一首诗里　写下

如诗如画如书如春天

如百花筒的你

写给李宇峻老师

在夜晚的孤寂中

打开守夜人所著的书本

在华丽的辞藻中寻找久远的残篇

在一页又一页的求知的足迹中

我置身玄幻的梦境

而在您的梦中

我的理性被古老的寓言耗尽

我的激情被未知的秘密点燃

　我看过泛黄的书页

只有博闻的学徒才知道

这是胜过黎明的曙光

在我的眼瞳中

守夜人打开了一扇门扉

知识如光一般照进我

由玻璃铸就的头脑

我感到这束光从我的身躯照进灵魂

流光替换了我的血液

云霞渲染了我的心灵

守夜人啊，您的知识让我不再是痴愚的众生

而在痴愚的黑暗中

我将以您的文字为翅膀

追奉启明的力量

守夜人啊

是您挑起了长夜的灯笼

以及我对知识的渴望

在梦中，您照着我走向了智慧的大门

在大门之后，我终于得见了真理

它浸染了我的血肉之躯

它是疯狂的华章，是无解的谜语

是荒谬的思绪，是亘古不变的戒律

它粉碎所有的知识，推翻所有的言论

只为了铸造崇高的永恒

而这一切，只不过是您瞳中的门扉而已

守夜人啊，我的聪明与尊严只不过是凡人的把戏

此刻我接过您手中的灯笼

写下我在梦中的见闻

引着下一位求知者

走向这只属于您的知识的殿堂

写给莱云莫多老师

一朵云，半开在指尖
抑或，半开在心头
一朵云
只求得飘逸
不留痕迹

写给厉有为老师

我们聊到改革开放

大家就想到你

我们说到深圳的孺子牛精神

大家就想到你

我们说到经济特区

大家就想到你

我们唱起春天的故事

大家就心潮澎湃地想到你

深圳诗词界的诗友

只要聊到诗词　就想到你

我们走到寄趣园

荔枝公园的荔枝正在红岭

荔风和畅着和我们一起

大家就不约而同地想到你

深圳的政界商界教育界

深圳的各行各业

每当回顾过去的成果

每当展望未来的愿景

大家都情不自禁地想到你

我们看到大鹏展翅

大家就想到你

我们看到市民中心

大家就想到你

我们看到这座城的日新月异

大家就想到你

我们看到深圳两个字

大家就不由自主地想到你

这座名为深圳的鹏城啊

正面朝大海　正面向世界　大鹏展翅

这所有的一切

正在更上一层楼

过去现在与未来

励精图治　因为有你　因你有为

今夜，想对自己说一声辛苦了，我披星戴月地写了50位诗人，完成了百位诗人素描的50%，我是打心眼里爱写诗，毫无疑问这是真爱。有一次我回家乡安化，站在美丽的资江边，面对资江的美，我只是选择用诗语言比较婉转地表达：我让天气替我辨别与说出，喜欢与爱。前几天站在深圳市民中心的中轴线上，当时就想如果是站在诗歌的中轴线上该有多好，我从莲花山上面向大海，如大鹏展翅，天蓝得如诗一样没有杂念，大海蓝得如诗一样没有杂质，我也学那风那空气，透明轻盈。我想，我这么想是自私的，我没有征求任何一位诗友前辈的意见就一路写开来，请老师们多多包涵。这一路走来风景如画，每一位老师都是一处风景，最美的风景啊，我逐一欣赏与学习着，这是我的福分，谢谢老师们。我的第42首写的李敏老师，我们是忘年之交，在我的心里亦师亦兄长，故我写下：有你的地方/不管天气如何/我从不带伞。接下来，还有50位诗人老师要去素描，俗话说"万事开头难"，欣慰的是我已经勇敢走出了50步。俗话还说，"行百里者半九十"，加油吧，青春就是拿来给诗歌燃烧的，诗是眼睛里一目了然的光。青春，走在一首诗里，就不会老去。

写给李征朝老师

**题记：请允许我不用诗语言，请允许我用平常的语言写一首
　　　简单的叙事诗。**

雄纠纠气昂昂　跨过鸭绿江

你成为抗美援朝志愿军里

飞得最高的伞兵

你把祖国的蓝天

用英雄气概的白云擦亮

你如雄鹰展翅

守卫万里河山　和平年代

你用诗歌与对联

你用打油诗与民谣

歌颂祖国与家乡

歌颂党的政策与山村的巨变

你笑着聊天　你笑着喝酒

你笑着打开门

欢迎远道而来的朋友

你亲手把自己的儿子　送去部队

再送去对越自卫反击战的战场

在无数次浴血奋战后

伤痕累累的他

成了全国战斗英雄　后来

这位来自梅山的小山村

农民的儿子

子承父志　前仆后继

从士兵到上将

你们　保家卫国父子三代兵

你们　无愧于祖国

你们　无愧于人民

注： 李征朝老师为中央军委总参谋长李作成的父亲。

写给罗智勇老师

一个人怎可抵挡
夏风的诱惑
诗如子弹，将洞穿白云
他是他自己
他丢下自己，收割声音

写给马时遇老师

生活如一枚钉子
揳入一颗颗心
一种坚硬，是否持续
刺痛或者陷入

用诗歌轻声唤醒生活
笔尖的三言两语
一些疼痛，雾一般
朦胧且散开
好像有羽翼的部分
呈现雨后风清

写给马兴老师

敲开一座名叫鹏城的门

你用一袋蛙鸣

吟咏着深圳，尔后

你快马加鞭

诗潮澎湃去歌唱

澎湖湾般的迈特村

写给彭魏勋老师

微笑绽放在，一首诗的开头
盛开在整首诗的，一年四季
结尾处
一些果实抿嘴浅笑

这首诗的果子
挂在你微笑的枝头
有的微笑，会在诗中移花接木
有的诗歌，会在微笑时开花结果

写给邱华栋老师

文字里的一场闪电

取一朵即为截句

你点名送给我一本《闪电》

以后，如我的思想

刹那间摩擦出火

必想起此刻的嘱咐

必将火花或花火　截句成诗

写给青鸟老师

一只青鸟
从红岭，飞入诗中
另一只青鸟
衔着诗，飞回红岭

写给祁念曾老师

在站立的河流后
你写下的诗句
横亘连绵成　崇山峻岭
你朝河流前铺纸泼墨
墨落为沧海，纸上绽春天

写给阙滕桢老师

诗中真有颜如玉
你宝刀所向
阙夫人青春貌美
你手起刀落
诗无瑕，人如玉

写给任怀强老师

诗人画家主编

书法评论艺术家

这横行跨界的气势里

跑出一位斜杠青年

一位默语者　拿出一方境界

他试图完成自己

写给阮雪芳老师

题记：写给深读诗会第十二期主题诗人阮雪芳老师。

一些经霜的事物

总想在秋天

模糊雪花和霜花的定义

纯粹抑或朦胧

秋水渐渐在笔端消瘦

长天悠悠在眉头高远

影子拉长眉目间的距离　弹性十足

顾盼间　一枚钉子醒了

时光想钉住这一段视线

我们用深读诗会的重锤　朝向钉子

用诗中温柔的穿透力　落锤

写给苏东坡老师

风来了　树林忙着

在风里染她的长发

风走了　发端飘扬

秋天金黄的味道

风来了　捎来远方的思念

东湖悄悄的

把满湖皱褶千遍的心事

用了整整一个季节　层层叠好

细细珍藏　风来了

梧桐山回首眺望

香港的明眸皓齿时

海风　已在不经意间

丰满了大亚湾

那山，那湖，那海

洋溢着海洋成熟的味道

好想　在海风里　过一个长长的夏季

让海洋　洋溢青春的气息

好想　过一个暖暖的秋天

好在罗浮山的秋风里，等秋长水远处

丽日旁，西湖畔

苏东坡和王朝云　跨越历史烟波的消息

你说春天来

我在秋天等你　等你

在风里染黄发端

等你说　你站在秋天里

等你说　你见过风

写给水去老师

一条河面江流去
大海长出
几个青春痘般的小岛
一条河穿山流来
一座村庄逐渐青春

波光里的色彩
揉碎成烟丝　点燃烟斗
深吸时丝丝入画
呼出时缕缕成诗

写给孙夜老师

全方位抵达的

正在多层次解构

把诗歌酿成清香型

把自己酿成酱香型

与往事干杯

那夜，我无法抵达你

只因，我醉倒在你文字的偏旁下

写给唐成茂老师

这是一个诗歌野蛮生长的时代
这是一个诗歌茂盛如草原的时代
你坐在诗歌王朝的宝座上
号令打开南天门
门内，梦回唐朝
门外，美梦成真在今朝

写给陶窗明老师

白雪包裹了黑夜

雪如梨花，撑满了山岗与屋顶

北风用一场白雪

忙碌着收快递

柔软的　打包　家乡的温暖

在深圳拆开快递

如木马旋转中飞出

一只洁白的鸟

写给田地老师

南方与北方

在距离与时间反复感冒中

不停重复机械式的自我修复

思念45度倾斜

下沉至中转站丹田

南方与北方

恰如涌泉与百会

两股思念铺成一条

名叫冲脉的铁轨

承载着轻重不一的牵挂

相向和逆向的聚散

南方与北方

他乡和故乡，是左眼望不到的右眼

一些季节　乱了阵脚

风站在鼻梁骨上

风从哪里来

她是否　既代表南方

又代表了北方

写给天河老师

你来　一条河从身边流过

你离开，一条河

在天上，让我仰望

有时，我摸到了星星般的文字

像麦粒，点种着我的梦

写给涂礼敦老师

酷似伟人刘少奇主席

格律诗的严谨　隶书的圆润

在你笔下　巧和妙的结合

你走过的地方，遇到的人和事

要么在一首诗里，要么在一幅字里

要么啊　在你姿势的延伸里

写给滕延霞老师

披着霞光去流浪
走过或远或近的风景
尝过或咸或淡的心情
说过或风或雨的话语
写过或深或浅的诗行
最重要的是
恋过，雨后初晴的时分

写给吴笛老师

粤海街道办把腰杆挺直

粤海街道办把笔杆挺直

吴笛老师啊，你可知道

无敌是多么寂寞的一件事

你举起酒杯祝福大家

"富"如粤海，寿比南山

吴笛老师啊，你可知道

你祝福里的美好是另一种无敌

幸福啊不要来得太晚

这一刻就要美梦成真

写给王法老师

把人生的种种经历与磨练

搓成诗歌苦尽甘来的

一根绳子，或一束光

手握一束光，拿来白云做包装纸

打包彩虹，与雷电的风雨兼程

每一个星星　都是一颗甜蜜的糖果

把北斗放在最顺手的地方

把启明星搁在醒目处

这样，就不会迷失爱的航向

把日月做成两朵蝴蝶结

一朵在白天纷飞，一朵在黑夜翩翩

托风寄出去这封快递

顺便捎上我想说的一些话语

字数不多如下

诗如鹊桥，爱似银河

写给王国猛老师

左手描绘阳春

右手书写白雪

文字在你眉宇上　山高水长

诗篇　在你眼睛里

刚抚平大海　心上的草原啊

有一万匹诗之骏马

打马白云

写给吴光权老师

题记：在深圳三联村山顶农家乐小聚，酒至半酣，聊到练立平老师和我都是诗人，石大姐打开话匣子，讲述她和吴大哥青葱年华里诗一样的爱情，席间我许下承诺，作小诗描述那个年代爱情的纯粹和美好。

1.你双手揪着一片又一片树叶

在一个小山坡，在一阵清风里
在一片树林间，在一棵小树下
在那第一次的约会

我们都不太敢看对方
我们都不知道说什么
我们的心跳都有点快
我们的手脚都不知道
放哪里姿势才对

我就揪着一片又一片树叶

你就安静看着我

看着我揪着一片又一片树叶

时间就停了下来

风轻得停了下来

小鸟的叫声停了下来

揪树叶的双手

什么时间也停了下来

2.是借道而来吗

去张家界学习

你来了　意料之外

又，意料之中

你说借道而来看看我

大家都说是有意而为

世界上　所有爱的开始

情的助力都是从向对方

借个道　携手同行的

3.情诗

收到你的情诗

题为献给某某某的玫瑰

注明一个不出名的诗人

未经发表的诗

上一秒我蒙了一下

是哪个不出名的诗人呢

下一秒心柔软成草原

澎湃成大海　原来是你

这首未经发表的诗

原来只发表在我这里

看来　这一辈子

是注定要和你在一起

我要用双手

轻轻打你一千次

叫你一万声　冤家

4.渡船

去你家的路好漫长

不　是去我们家的路

差不多走了两天

中途　还要坐一段渡船

在寒冷中等待　船上的小卖店

说不上是小卖店

少得可怜的食物　早已卖光

寒风中　在你的怀里

不觉得冷　不觉得饿　不觉得漫长

甚至奢侈地想

这段路能长一些　再长一些

心里渐生暖意　唇齿间有了甜蜜

5.读情书

把那时花季雨季

我写给你的情书

在若干年后的今天

读给好友们听

让时光倒回　归来时啊

你是写情诗的少男

我亦是写情书的那位少女

请允许我　喝下桌上这一杯酒

任朝霞羞红脸颊

请允许　我再回到　那一段时光里

回到那年那月那一首诗里

我们一定还在原来的地方

你依旧　向我借个道

写给王敏健老师

老师一直很消瘦

可笔下那

细腻唯美的诗歌

大气磅礴的书法

出神入化的画作

如一场艺术的满汉全席

此刻泉涌的灵感

从你心上涓涓流淌到指尖

艺术的草原辽阔无疆

老师牧瘦了一个人的青春

老师牧肥了整片大草原的牛羊　老师啊

你是这片茂盛的草地　最强大的王

百位诗人素描写到了75位，该给自己加油加盐再加点姜葱蒜等调味料。诗是一种生活方式，诗人是从地狱盗回火种到人间的，诗人是帮神在黑夜掌灯的使者。不写诗时，诗人穿着皇帝的新装，一无所有；拿起笔，诗人穿上另一款皇帝的新装，无所不有。在写这诗里的老师们时，我在用您和你来写第二人称纠结了一会儿，"您"是一种尊称，似乎有一种遥远间有点刻意带客气的尊敬，"你"字毫无距离感，且写时自然轻松。一首自然而然的诗是我想要的，因为自然间自带一份光芒和美好，多想诗里所有的光都属于我笔下的诗人，所有的光芒都属于你，这是文本中用一首诗去素描一位诗人的意义所在。

写给王山老师

诗中流淌的部分

是歌声是河流

诗中隆起的丘陵与高原

是地貌的一种描述

每一个相对突出的优秀

对应一座有名字的山

它们都在等待自己的王

它们都会有自己的王

一座山还会有各自的春夏秋冬

它们都会有各自不同的风花雪月

站在冬天，我们只说冬天

我们只说关于冬天深处的雪

雪融化就有万物生长

好像是冬天遇到了王山老师

我们站在诗里

你站在诗歌的深处

我站在诗歌的浅处

你当天问到的

或许正融化在这首小诗里

注：王山老师是人民艺术家王蒙之子。

写给魏先和老师

诗歌有时如运动场

此刻的先和老师　就是运动健将

游泳帆船马拉松

跳高跳远骑马射剑

篮球排球足球乒乓球

样样精通　样样全能

文字在你的手中

如球类绳类　如标枪如铁饼

如剑如子弹

你以文字为马

你手握诗意的缰绳

你快马加鞭　朝我们胸膛

射出一支诗歌之箭

写给邬耀仿老师

岁月已被你写成灰烬
心里几把野火，又
在诗歌中燎原
我只看到你的背影
灯盏一样，丈量黑暗

写给谢湘南老师

青春就是你的一场盛大诗会
零点的搬运工　幸福搬运着
唯楚有才与深圳时间
一段于斯为盛的过敏史

写给远红老师

诗意有点远，歌声有点红
看远远的你，渐渐地红
谁，小住在你声音的指尖上
想象，你的面容

写给杨克老师

题记：听杨克老师于2019年8月10日在观澜深德技工学校，
　　　为"闪亮龙华"主题创作培训有感。

1.上课

是清风摇响上课铃

在观澜深德技工学校二楼

听杨克老师讲诗

2.讲课

李白杜甫韩愈范仲淹等古代诗人

穿越历史的烟云纷纷走上讲台

以现代老师身份开讲

唐诗如画　宋词如歌

《诗经》里正杨柳依依

深圳的诗人们　已在水一方

3.同学

这些如梦却不是在梦里

老师们讲完课又齐齐坐在课桌

和我们同学一场体验新时代的学生

如何写新诗

4.创作

近代的诗人　外国的诗人

也都逐一走进教室　不够坐时

把学校三栋七层的教室

所有的门打开吧

所有的窗打开吧

开上百个主题创作班

诗歌　从门外款款而来

从窗口飘飘飞去

5.干杯

从盘古开天讲到粤港澳大湾区

再从现在讲到未来

从宏观讲到微观

从入门讲到升华

一坛好诗　沸腾了

朋友，干一杯吧

6.火花

我们随时拿起笔

去写思想与灵感　去捕捉

时间，空间，意念与物象

交织在笔尖时　盘根错节

又脉络清晰的火花

7.涌来

山水与田园就在窗外

一条观澜河

涌来流水的诗意，源源不绝

8.写出

诗人们可以想象一下

写出的长诗

若如观澜河，那么某一天

我们一起写出长江与黄河

9.说出了诗的形状

杨克老师解构一首诗时

笑出微风轻轻　微风再轻轻

打出一击高尔夫球

绿地、阳光与空气

无意间　说出了诗的形状

写给一粒草籽老师

散落天涯　与种在心里的
都是诗歌的一粒草籽
她不会多言
她只看到峭壁和危险
证明力量的存在

写给虞宵老师

大家说你是虞美人时

却忽略了，你的笑声如诗

还有你百灵鸟的歌声，只要响起

那些散落四野的文字

纷纷长出洁白的翅膀

写给余秀华老师

把一字一句

把深一脚浅一脚

拼成栏杆、围墙与梯子

散落的

扎成心上的一道篱笆墙

风若此时来

我会双手扶着风

风会双手扶着

摇摇晃晃的人间和你

翻过那些　所谓的墙

写给杨飞云老师

题记：飞云老师为北大百年挑选的才子之一，诗书画评印各
　　　自精彩，放到一起欣赏时似鲜花朵朵盛开，其弥漫着
　　　文人的艺术气息有南粤海洋的味道。

你扛过真的枪　这次

你扛起文字的枪

站一次诗歌的岗

诗书画评印

你随意出手　捉字成兵

相飞田，马走日

你隔山架跑　你身先士卒

带兵过河　你步步为营

收获着春华秋实

你拓展着横疆竖土

胜利后的百步穿杨

你笑着　摘叶成画　飞云成诗

写给赵华奎老师

脚步笃定

眼神坚定

你托起诗的钢枪

瞄准，确认瞄准

扣下板机

一首诗，一朵梅花

写给张鸿凌老师

如果　素描不能定格记忆

如果　色彩不能表述容颜

如果　文字不能记载往昔

请允许我　看似漫不经心的作画

不画　阳光下的园岭

不画　微风吹过的荔枝公园

不画　四季走过的红桂路

请允许我漫不经心

画下张老师　一千零一夜的表情

只抽取其中

像微风像四季像阳光的一面

只抽取　像园岭　像荔枝公园

像红桂路的样子

只有这样才形象

请允许我画抽象一点

再抽象一点　请允许我

看似漫不经心地画完整

然后　请允许我

再抽象一点

看似漫不经心地走来走去

写给赵婧老师

深读诗会

在你的指掌间，绽放

千万种色彩

仿佛你读出了另一种美

仿佛，世界被你的声音稀释成

软化的糖

写给张军老师

象牙塔中　你穿着象牙一样白的衬衫

写着象牙一样白的诗歌

某些时候　如果王子与诗歌

需要定义一种颜色　是否只适合

此刻如象牙的一种白

写给赵俊老师

仿佛从民国走来一位青年才俊
诗中扑面而来的西洋味
与东方独有的韵味
在融汇中融化
发酵了诗歌外的时光

写给周建好老师

你拿起心尖的长剪

剪下最美的一朵　嫁接在诗歌上

从此

花开不败　春天不离开

写给钟晴老师

你钟情诗歌
你钟情舞蹈
你钟情每一个
与诗共舞的晴天
从此，你像秒针一样
与缪斯擦肩而过

写给左秦老师

在诗友隐形鸟的微信

看到诗江湖悼念左秦的文字

求证诗评家李锋老师

信息是真的

评诗的90后天才左秦　走了

不带走一首诗和诗评

包括2017年10月16日凌晨

点评独上西楼的

把自己卷成一支香烟

左秦与李锋　诗评双雄

PK了无数次后

左秦放下屠诗宝刀

李锋手中的倚天剑

从此只能　独孤求败

左秦　从地狱中盗回火种

点燃人间的烟窗

2017年11月27日

你玩腻了这个游戏

把火种留在大地

一千个诗人　一万本新诗

无数分行文字的色香味

纷纷诱惑　终究留不住左秦

写给张琼娣老师

置身人间烟火里

流连忘返的美食美景

徜徉于草木花香

逍遥于世外桃源中

捉字对奕，携诗云游

时间枯腐成一截朽木

或许是走入了某处仙境

彩霞飞上脸颊

一如笔，亦如你

在纸上落下　蜻蜓与蝴蝶

写给张清宇老师

走在一条平平仄仄的路上

脚步声押韵着心跳声

两岸的风景　迷人间对仗

十万树木如十万大军

你拿起指挥棒　千军万马

朝你指向的满江红　奔赴而去

刹那间　有春风柔软吹入心房

沁园春里的小雪

在这最后一个冬日

悄然融化　有蝶　恋花

写给周瑟瑟老师

脑海里悬着

一颗诗的红宝石或者蓝宝石

心上却压着一块石头

瑟瑟老师回归真我的写作

和在诗会用家乡土话唱的民谣

触及潜意识深处的火山

我拿起笔　尝试真我无我去写

尝试潜意识无意识去写

尝试从冬天走进去，春天走出来去写

尝试从大道至简再到道法自然去写

尝试再想一想瑟瑟老师的话

看到花写花　踩到草写草去写

写给张伟明老师

题记：写给深读诗会第三十二期主题诗人张伟明。

在指尖滑落的

除了时间

是否还有诗句

如一颗石头　坠入湖里

不要问为何

石头能游在湖里

不要问为何

TA一直保存　仰泳的姿势

更不要问　为何把情怀

全部交给莲叶与浪花

如果，只能选择一种唯一

就请留下一双　理想的翅膀

那下一秒　是否石头和鱼还在

是否白云已高过蓝天

写给童话爸爸周艺文老师

你的笔端

最美的诗就是童话

最美的童话就是诗

如何才能诠释

画中古典的美中超现实主义手法

如何理解那突兀的色彩

升华的意境，你再把这一切

制作成动画片和电影

该如何称呼你

终于有了贴切而美好的称谓

童话爸爸

写给张奕元老师

文字在某种环境下
有金属质地的坚韧
譬如在新疆或者在深圳
你都将文字竖起成旗杆
你用五星红旗的红色
写下红色文学三部曲
因为感动
忠诚高于山脊，　高于
蓝天之蓝

写给张忠亮老师

你笔端的文字

静如草原，动如长江蜿蜒流去

有诗者即兴朗诵

面前雄鹰列队

飞向彩虹

写给喻炎纯老师

付奶奶　是姐夫的妈妈

对我的关心无微不至

姐姐说对我比对姐夫还好

在我的心里如同妈妈

当年我孤家寡人

经常加班到晚上十点左右

付奶奶总是做好热饭热菜

再晚也等我回家

一家人买一斤多的瘦肉

有差不多一斤

给我做指天椒炒瘦肉

里面还放很多

细心剥好的大蒜　耐心地加工

十年如一日

担心我吃不饱　担心我吃不好

后来有了小家庭

在家里　在外面

总忘不了炒一份指天椒炒肉片

总是想吃一种回忆里的味道

总是觉得少了一点什么　付奶奶

在家乡的小山村做过老师

带出的学生

在各自的岗位踏实努力

奉献感恩　其中一名学生

从士兵到上将

从全国战斗英雄

到指挥大国利器与所有的兵种

成为世界军事史上的奇迹

这个全球励志故事　已经成为传奇

当年的付老师

在这个传奇的卷首开篇

教学生们　门前大桥下　游过一群鸭

教学生们　两只老虎跑得快

跑出后续篇章　一路的传说与传奇

注： 诗中付奶奶即喻炎纯老师，喻老师为对越自卫还击战
　　 "战斗英雄"，现任中央军委委员、总参谋长、李作成
　　 上将的小学语文老师。

写给洛夫老师

夕阳　跌落在日月潭

你拿起筷子

去夹这盘刚煎好的荷包蛋

你想起　十八岁时她的妈妈

煎过最香的荷包蛋

占据了当时　温柔的湖底

衡山的月亮升起来　洒下

一把星星做调料

你在故乡拿起锅铲

在出锅前把云朵放下去

月亮炒饭香喷喷的

南岳圣帝不请自来

给你五星级的点赞

他愿给你　一座山峰　一座殿堂

今天　你闭上双眼

世界是另外的一个

无风　无雨　无日月的光芒

时间之河　成为你喜欢的镜子

你抓起一支笔

朝着十八岁时的她

她的眼睛　是最好最美的诗

你一闪而入

她的眼神　涟漪荡漾开来

因为风的缘故

一圈圈都是绝美的诗句

注：洛夫，本名莫运瑞、莫洛夫，笔名野叟，湖南衡阳人。
1949年赴中国台湾。1951年，考入台湾政工干校本科
班，毕业后入台湾海军陆战队。1959年于台湾军官外语
学校毕业，1965年担任越南"顾问团"顾问兼英文秘
书，1967年返台，入淡江大学文理学院英文系读书。
1973年退役，任教东吴大学外文系。后旅居加拿大温
哥华。1954年，曾参与创办《创世纪》诗刊，任总编
二十余年。著有诗集《时间之伤》《灵河》《石室之死
亡》《魔歌》《漂木》等，评论集有《诗人之镜》《洛
夫诗论选集》等，亦有散文集、译著出版。

写给木心老师

题记：一场新型冠状病毒来袭，它的矛是伤人的，它盾的一面是让此刻慢了下来，也许让世人可以理性地思考与回归。我想告诉从前，现在也很慢。

此刻　时间慢了下来

街道空旷　行人稀少

偶尔飞过的鸟儿　沐浴着阳光

不急不慢

此刻　世间安静了下来

一日三餐都在家里

大门都不出的人们

没有什么很急的事情

一家人说些平常没时间说的话　热热乎乎

此刻　电话很少

人们不再关心房价、股市等等

大家回归到　柴米油盐与烟火阑珊中

此刻　一切都回归到

原本该有的样子

我们只关心健康、家庭，简单

吃一碗白米饭　炒两碟小菜下饭

此刻　只关心遥远的武汉

与正和新型冠状病毒抗争的人们

在众志成城的力量下

每一个人都好运平安

我们都曾经羡慕　从前很慢

我想告诉从前　现在也很慢

写给王勃老师

（1）滕王阁的前世

一定有些隐秘

痛彻心扉

孤鹜与滕王阁二十八次

灰飞烟灭

每一次都化为不死鸟

（2）前世的牵挂

一定有些什么牵挂

不能忘怀

落霞将忘情水

煮沸汽化

化为无形

（3）当代的传承

或许是有些

关于牡丹亭的

前缘未了

如林徽因与梁思成

如梁思成与滕王阁

十指相扣

历史沿着时间脉络

顺藤摸瓜　环环相连

（4）今生仍少年

第二十九个轮回

滕王阁与王勃

归来仍是翩翩少年

（5）孤鹜与落霞

滕王阁如孤鹜

在你眉目间　落霞

（6）秋水共长天

把所有的羽毛

插满飞檐与阁翼

我们抖落一些文字

飞出滕王阁

王勃写下的序如秋水

共我们长天一色

（7）轻风送蝶

以轻风抑或

滕王笔下蝴蝶的姿态

飞高成一个感叹号

飞远成一个省略号

滕王阁转身　飞向远方

（8）明月千里　　此去经年

纵明月千里

所有的文字　如蝴蝶翩翩

飞舞在我们写过的风里

写给沈从文老师

沱江水日夜流淌

那座边城却没有老去

两岸灯火　被夕阳一次次点燃

凤凰古城　春夏秋冬有序上场

穿着深深浅浅的服饰

嫩绿，碧蓝　金黄，银白

走过风桥　走过雨桥

走过雪桥　走过雾桥

走在一幅幅画里

他和她　牵手走过虹桥

从青丝走到白发

走在一首诗里

青春就不会老去

每一个人心里

都有一座属于自己的边城

门前的那条小河

浇了田地　洗了衣裳　熬了药汤

帮她洗一把青春的脸

喝一捧源头的山泉水

放下锄头与扁担　背上背篓

背上半城的烟雨离开

有一天　君若归来

踏响边城的每一条石板路

行囊里有的不只是

淡的记忆　浅的时光

写给凯歌老师

你的诗里有爱情

爱情般的诗里没有你

你的诗里也有面包和蛋糕屋

面包和蛋糕屋的诗里

没有你的身影

你行走在完整的大地

也行走在完全属于你的诗里

而大地　不曾拥有过完整的你

诗却全身心拥抱了你

诗拥抱你时

你的幸福密不透风

而你的内心　在下一秒

忧伤成现实的海

你决然　离开大地

可天堂不要诗的孩子

让你拥抱那棵完整的

长满诗的树　和完整的

写满诗的秋天

听见天堂对秋天说

不要诗的孩子

写给铁匠老师

你放下铁锤

锻淬的诗薄如蝉翼

最后一锤脱手

诗在夜空中　明亮

你放下铁锤　风箱旁

找不到可以继续添加的

生命的成长因子

把诗的锻造件

一件　送给小路

一件　送给草地

最后一件　送给风雨的飘摇

你轻轻地转身

永远关上铁匠的铺子

深圳的街头巷尾

木棉花在那一夜不遗余力

全部开放

只开红的花　不长绿的叶

写给诗歌

喜欢你　不只是喜欢你现在的样子

也喜欢你记忆中略显朦胧的影子

喜欢你　不只是喜欢你温暖的拥抱

也喜欢在你臂弯下的每一次奔跑

喜欢你　不只是喜欢你日暮时回家的呼唤

也喜欢晨曦中炊烟袅袅的场景

喜欢你　喜欢地坪前那把椅子的守候

也喜欢梨花又开放的如期

喜欢你时　喜欢寂静离开

也喜欢欣然归来

喜欢你时

喜欢千里之外那关山和明月

也喜欢天涯咫尺的秀水琴音

喜欢你　留喜欢住在梦里

也将喜欢写在诗里

喜欢你　喜欢种下千万果树

每一棵　都喜欢

每一棵　根植在心里

后 记

　　夜有点深，在一座安静不下来的不夜之城深圳，我想在一首自己的诗里静下来。 我们日复一日忙忙碌碌，日子如同一台复印机，复制着昨天的生活，日子也如同一台扫描仪，今天的自己是昨天的扫描件。所有看似雷同的其实真的有些许不同，譬如：时间、地点、心境，眉目间的天气与唇角边的气息等等。也许只有在一首诗里，心湖的涟漪才会渐渐平静下来，那些荡漾的波纹，也许曾经平行、交叉、单行或者纵横过。那些都只是曾经，只要湖畔和晓堤还在，就还有理由在一首自己写的诗里，听别人朗诵自己的心境与曾经。有些还是曾经，有些只属于曾经，有些也许在曾经和曾经的诗歌以外。

　　终于在2021年12月最后一天11点58分交了卷，终于在2022年1月15日凌晨4点30编辑好了百位诗人素描，这座城市还有一部分人和我一样没有入睡，我的梦还在诗里没有醒来。放下手心里的诗歌，欣慰地和深圳说："我见过无数次凌晨4点半后的深圳，"我还想和诗人老师们朋友们说，

"一次性在短短一个月零四天参差不齐地写完整100位诗人，不是一件容易的事情，我从现代诗人写到古代，从城市写到小山村，从庙堂之高写到江湖之远，从冰天雪地写到春暖花开，某些时候，好像从三维空间短时间写到了四维空间，又从四维空间写到一维空间，我在有意识潜意识无意识间交叉穿梭跳跃去写作，忘了世界忘了时间忘了自己。"

好像这么去写是为了给自己定下一个目标，给自己一个承诺，写到第50首作品时，深圳某报的苏老师要求我在2022年1月10日前写好100首。我提前了10天，写了108首小诗，我实现了对诗歌，对朋友，对自己的承诺，虽然文本中多有瑕疵。

有幸认识那么多优秀的诗人，这一次没有写到的老师们，我会在以后的某天再续前缘，在有更多的了解后会写得更加进步和贴切，请老师们多多包涵。我在这里与你们有一份关于诗歌的约定，未来可期。

老师们，拿起笔，就走进了春天，读诗和读你，在读山与读海之间，记得，我们曾经一起用诗画过，点燃星星。

你说春天来，我在秋天等你！现在、未来和曾经。